Dominic Hogan

Das Tal des Lavendels

aus dem Englischen von Sabrina Wagner-Hogan,
Dominic Hogan und Manuel Eck

Viel Spaß

Originalausgabe April 2006
2. Auflage Juli 2007

http://www.hogie-art.de

ISBN-10: 3-00-018538-0
ISBN-13: 978-3-00-018538-0

Der Umzug von Australien nach Deutschland bedeutete für mich eine große Veränderung – und damit meine ich nicht nur das Wetter! Ich habe sehr viel Glück gehabt mit der vielseitigen Arbeit, die ich hier habe, und all den Menschen, denen ich begegnet bin – ‚my wife is a good one'. ☺
Ich bin ein Mensch, der gerne viele Möglichkeiten, die sich ihm bieten, ergreift und gleichzeitig bin ich sehr dankbar für alles, was meinen Weg kreuzt. Die Gelegenheit dieses Buch zu schreiben hätte ich nicht gehabt, wenn ich nicht in diesem Teil der Welt gelandet wäre. Das fühle und weiß ich. Die Fertigstellung dieses Buches glich einer vierjährigen Reise, und es ist eine unglaubliche Erfahrung, mit nur einer kleinen Idee anzufangen und sie dann, nach so langer Zeit, zu Ende zu bringen. Eine Sache jedoch ist klar – ab einem bestimmten Punkt braucht man die Hilfe der Menschen, die man um sich hat, um sein Ziel zu erreichen.
Falls ihr wirklich daran interessiert seid, was ich während der letzten 32 Jahre getan habe und wo ich gewesen bin, dann könnt ihr das gern in meinem Lebenslauf nachlesen (http://www.hogie-art.de).
Ich wünsche euch allen viel Spaß mit diesem Buch.
Keep cruisin'!

An schönen Tagen geht Herr Hase immer spazieren. Auf der Sonnenseite, wo keine Schatten sind. Einfach irgendwohin. Ohne Ziel. Denn wer kein Ziel hat, kann sich auch nicht verlaufen.

Auch der kleine, dicke Herr Elefant spaziert an schönen Tagen gerne durch die Gegend. Er geht auch einfach irgendwohin.

An diesem Tag stapfte Herr Elefant an dem großen, alten Baum vorbei, an dem Herr Hase gerade gemütlich lehnte. Denn sich anzulehnen ist einfacher als alleine zu stehen.

Herr Elefant bemerkte Herrn Hase. Und Herr Hase bemerkte Herrn Elefant.

Weil Herr Elefant sich beim Laufen umschaute und nicht auf den Weg achtete, passierte es.

Herr Hase rief: “Sie! Passen Sie auf!” - doch es war schon zu spät: Herr Elefant stolperte über seinen langen, baumelnden Rüssel. Erst flog er wie ein Vogel, dann fiel er wie ein Stein - und landete mit einem lauten ‘Plumps!’ auf seinem Hinterteil.

“Autsch!”

Herr Hase kam etwas näher und streckte Herrn Elefant seine Pfote entgegen: “Kann ich Ihnen hochhelfen?”

“Oh, das wäre sehr freundlich.” Herr Elefant war vom Fallen noch etwas verwirrt.

Weißt du, Herr Elefant hätte auch ganz alleine wieder aufstehen können, aber ein zusätzliches Paar Pfoten ist hilfreicher als keins.

Also zog Herr Hase mit aller Kraft - und ein Hase hat viel davon! Herr Elefants Rüssel dehnte sich wie ein Gummiband... bis... der Dickhäuter mit einem kräftigen Ruck wieder auf seinen Füßen stand.

"Oh, vielen Dank, Herr Hase", seufzte Herr Elefant. Er war froh, wieder auf seinen Füßen zu stehen.

“Sie, Herr Hase, ich gehe in diese Richtung. Wollen Sie mitkommen?”, fragte Herr Elefant.
“Wohin?”, wollte Herr Hase wissen.
“Einfach irgendwohin.”
“Ja, das wäre klasse”, antwortete Herr Hase.

Er mochte Herrn Elefant. Ganz tief in seinem Bauch spürte er ein warmes, glückliches Kribbeln. So ein warmes Kribbeln im Bauch zu haben ist ein gutes Gefühl. Herrn Hase gefiel es sehr. Also ging er jetzt zusammen mit seinem neuen Freund nach irgendwohin.

So stapften und hoppelten sie vor sich hin, Pfote an Rüssel und Rüssel an Pfote, hinunter zum Fluss. Sie genossen die frische Luft und waren glücklich, bis sie plötzlich an einem Krokodil vorbeikamen. Das Krokodil hielt sich stöhnend die Wange - es hatte furchtbare Zahnschmerzen.

“He, Sie, können wir Ihnen helfen?”, fragten Herr Hase und Herr Elefant.

Herr Krokodil stöhnte ein bisschen lauter, denn ein lautes Stöhnen hört man besser als ein leises.

“Können Sie diesen Schmerz verschwinden lassen?”, jammerte er.

“Öffnen Sie Ihren Mund, Herr Krokodil, und lassen Sie uns mal reinschauen”, meinte Herr Hase.

Also öffnete Herr Krokodil sein riesiges Maul.

“Ooohhh... Herr Krokodil, dieser Zahn muss raus!”, seufzte Herr Elefant.

“Tun Sie’s einfach! Ganz egal was, wenn nur der Schmerz aufhört!” Herr Krokodil stöhnte und stöhnte, und zwar noch lauter als zuvor.

Also stülpte Herr Elefant seinen Rüssel über den Zahn, und Herr Hase hielt Herrn Krokodil von hinten fest.

“Auf 3 geht’s los! 1...2...3!”

Herr Elefant saugte mit aller Kraft, und ein Elefant hat viel Kraft. Noch viel mehr als ein Hase, das kannst du mir glauben.

Dann, ganz plötzlich, gab der Zahn nach und kam herausgeschossen - mit ihm flogen Herr Elefant in die eine und Herr Hase und Herr Krokodil in die andere Richtung.

“Oh, das fühlt sich viel besser an”, seufzte Herr Krokodil erleichtert und rieb sich den Kiefer. “Danke für Ihre Hilfe!”

“Keine Ursache, Herr Krokodil”, meinte Herr Elefant und rieb sich sein Hinterteil, das vom erneuten Sturz jetzt erst richtig schmerzte.

Weißt du, Herr Krokodil hätte das nie alleine schaffen können. Und 2 Pfoten, 4 Beine, 3 Paar Ohren und ein extralanger Rüssel sind hilfreicher als 2 Klauen und 1 Zahnweh.

“Hört mal, ich habe von einem Ort gehört, irgendwo flussabwärts”, schlug Herr Krokodil vor und zeigte mit seinem Finger in die Richtung, “wo man mehr Nahrung findet als man überhaupt essen kann. Was auch immer Ihnen schmeckt.... Möchten Sie mit mir dort hingehen?”

“Irgendwohin?”, überlegten die anderen.

“Mein Bauch sagt ja!”, rief Herr Hase.

“Meiner auch”, seufzte Herr Elefant.

So spazierten sie also den Fluss entlang, und Herr Krokodil zeigte ihnen den Weg, denn am Fluss, da kennt er sich aus.

Herr Elefant begann, laut vor sich hin zu pfeifen. Dann pfiff auch Herr Hase und dann auch Herr Krokodil.

3 pfeifende Freunde sind viel lauter als nur einer. Das kannst du selbst mal ausprobieren, wenn du möchtest. Du und ein Freund und noch ein anderer.

Die drei jedenfalls pfiffen so laut und in einem so fröhlichen Rhythmus, dass sie vollkommen die Zeit vergaßen. Spaß kann nämlich die Zeit verzaubern. Aber nur, solange es keinem auffällt.

Plötzlich spürte Herr Elefant Wassertropfen, die auf seinen Kopf fielen. Er hörte auf zu pfeifen und blieb stehen.

“He, sehen Sie mal, Freunde... dort oben!”, rief Herr Krokodil.

Dort oben war Frau Fledermaus. Sie steckte zwischen den Ästen eines großen Baumes fest und weinte bittere Tränen.

“Hilfe!”, schluchzte Frau Fledermaus laut und verängstigt. “Sie da oben, machen Sie sich keine Sorgen!”, rief Herr Hase. “Wir holen Sie da herunter!”

“Aber wie?”, überlegte Herr Krokodil.

“Nun, wir sind zu dritt - das bedeutet 3 Köpfe zum Denken, einen extralangen Rüssel, 6 Arme, 6 Beine, einen schuppigen Schwanz und 4 ganz große Ohren. Uns wird schon etwas einfallen, da bin ich sicher!”, überlegte Herr Hase, während er sich angestrengt umsah.

Die drei gingen im Kreis herum, einer hinter dem anderen. Denn wenn man im Kreis läuft, kann man besser denken. Und wer besser denken kann, findet eine Lösung.

Die Tränen von Frau Fledermaus fielen weiter, tropf, tropf, tropf... und dann fiel eine ganz große Träne und landete mit einem lauten Platschen in der Mitte des Kreises.

“Halt, Freunde!”, schrie Herr Krokodil plötzlich.

“Was?”, wollten die anderen wissen.

“Da, sehen Sie genau hin, in der Mitte!”
Alle blickten angestrengt in die Mitte des Kreises.

“Das ist eine Tränenpfütze”, seufzte Herr Elefant verständnislos, “sonst ist da nichts.”

“Um die Tränen herum, schauen Sie doch um die Tränen herum!” Herr Krokodil hüpfte begeistert auf und ab.

Um die Tränen herum lagen abgebrochene Äste und Weiden.

“He, das ist es!”, freute sich Herr Hase, “aus diesen Ästen können wir eine Leiter bauen!”

Alle zusammen banden, klemmten, hielten und befestigten die Äste und bauten daraus eine starke, stabile Leiter.

“Herr Hase, halten Sie mal hier fest!”

“Herr Elefant, Sie halten hier!”, befahl Herr Krokodil, als er begann hinaufzusteigen.

“Langsam, Herr Krokodil, wir haben genug Zeit”, seufzte Herr Hase. Denn wenn man keine Uhr dabei hat, hat man sehr viel Zeit. Und Herr Hase hatte keine Uhr.

Also kletterte Herr Krokodil langsam und ganz vorsichtig nach oben.

“Können Sie den Ast erreichen?”, rief Herr Hase ihm zu.

“Ja... kann... ich.”

Herr Krokodil streckte sich, so weit er konnte. Zweimal so weit wie ein alter Kaugummi und halb so weit wie ein neuer.

“Ah... ah... hab ihn!” Der Ast brach - und die Fledermaus war frei.

“Puuhhh...”, seufzte Frau Fledermaus erleichtert und lachte laut: “Hahahahaha!” Sie war so glücklich, dass sie sofort einen doppelten Salto flog.

“Nicht schlecht”, staunten die anderen, während Herr Krokodil zurück auf den Boden kletterte.

Frau Fledermaus begrüßte die anderen am Boden mit einem freundlichen Flügelschlag.

“Danke”, lächelte sie.

"He, Frau Fledermaus, wir stehen genau in Ihren Tränen", sagte Herr Krokodil, als er nach unten sah. "Jetzt dürfen wir uns etwas wünschen."

Sie brauchten keinen besonderen Grund, um sich etwas zu wünschen. Aber Momente, die ungewöhnlich sind, sind die richtigen für so etwas.

Plötzlich knurrte Herrn Elefants Magen.

"Mmmmmhhh... Essen... das ist ein guter Wunsch, Herr Elefant", lachte Herr Hase und rieb sich den Bauch.

Aber was sollten sie essen?

Nun, Herr Krokodil kannte sich gut mit Fischen aus. Er wusste ganz genau, wo und wann er sie mit seinem großen Maul und seinen scharfen Zähnen fangen konnte. Er konnte jede Sorte Fisch fangen, die er wollte.

Herr Elefant kannte sich gut mit Nüssen aus. Er konnte sie schon von weitem riechen und aus zwei Metern Entfernung vom Baum saugen. Mit seinem Rüssel.

Frau Fledermaus kannte sich gut mit Früchten aus. Sie konnte sehr hoch fliegen, hinauf in die Baumkronen und dort die reifsten und größten Früchte pflücken, ohne jemanden zu stören.

Und Herr Hase hatte ein gutes Gespür für Möhren. Er konnte sie schon von überall her riechen. Er wusste sogar, wo man die Königsmöhren finden kann.

So gingen sie also in alle Richtungen davon, um ihr Lieblingsessen zu sammeln.

Als sie vom Sammeln zurückkamen, lag vor ihnen ein Festmahl aus frischem Fisch, Früchten, Gemüse und Nüssen.

Mmmmhhhh...

Jetzt mussten sie nur noch ein Lagerfeuer machen und ein Festmahl kochen, das alle genießen konnten.

Mmmmhhh...lecker!

Herr Hase kochte den Fisch wie ein Zauberer, er streute Kräuter darüber wie Zauberpulver.

Dann aß jeder ein bisschen vom Lieblingsessen des anderen.

Außer Frau Fledermaus, denn die darf keinen Fisch essen.
So ist das eben.

Nach dem Essen erzählte Frau Fledermaus Geschichten vom Jonglieren mit Äpfeln im Zirkus.

Gleichzeitig erzählte Herr Krokodil Geschichten über das Tanzen am Nil in Ägypten.

Und Herr Hase erzählte von der Magie und wie er sich selbst aus einem Hut herausgezogen hat.

Herr Elefant lachte nur und erzählte nichts.
Naja, wie auch, wenn jeder gleichzeitig erzählt? Zum Glück konnte er wenigstens alles hören. Denn eine Geschichte zu erzählen macht nur Sinn, wenn auch jemand zuhört. Und mit so großen Ohren, wie Herr Elefant sie hat, hört man alles. Ganz genau. Aber irgendwann musste er auch etwas sagen.

“Wo sind wir hier eigentlich?”, fragte er.
“Irgendwo”, sagte Herr Krokodil.
“Warten Sie... wir sind in einem Tal...”, überlegte Herr Hase.
“Seht nur den schönen Lavendel hier, wie herrlich er blüht und duftet!”, sagte Frau Fledermaus.
“Tal... des... Lavendels”, murmelte Herr Elefant.
“Oh, was für ein schöner Name!”

“Oh, lassen Sie uns tanzen. Aus Freude, weil wir uns gefunden haben!”, rief Herr Elefant.

Und so standen sie alle auf und tanzten um das Feuer, bis das Feuer kleiner und kleiner wurde. Und dann noch kleiner. Sie tanzten, bis die Schatten um sie herum aufhörten zu tanzen.

Langsam verlosch das Feuer.

Sie waren alle sehr müde, und es war schon sehr spät. Also beschlossen sie, sich am Boden zusammenzukuscheln und die Sternschnuppen zu beobachten, die in der Nacht verschwanden.

“Seht mal, dort oben!”, rief Frau Fledermaus. “Da ist eine!”

“Schnell, wünschen Sie sich etwas!”, rief Herr Hase. “Aber verraten Sie niemandem, was Sie sich gewünscht haben. Es muss für immer ein Geheimnis bleiben.”

“Aber warum?”, fragte Herr Elefant neugierig.

“Weil der Wunsch sonst nicht in Erfüllung geht.”

Und so wünschten sie sich alle etwas und erzählten niemandem davon.
Sie wünschten und wünschten, bis ihre Augen zufielen und sie alle vom nächsten Tag träumten.

Als Herr Hase seine Augen öffnete, sah er in weiter Ferne einen kleinen Berg, auf dessen Gipfel zwei dunkle Bäume standen.

“Sollen wir auf diesen Berg klettern?”, schlug er vor und war begeistert von seiner Idee.

“Ja, das wäre toll!”, meinte auch Herr Krokodil.

Schnell waren sich alle vier einig.

“Aber... es könnte gefährlich sein”, warnte Herr Elefant.

“Ich weiß”, antwortete Herr Hase, “aber wir werden es schaffen. Wir können einander helfen.”

Weißt du, zusammen hatten sie jetzt 4 Paar Augen, 4 Köpfe, 3 Paar große Ohren (und ein Paar kleine), 4 Paar Arme und Beine, einen extralangen Rüssel und ein Paar Flügel.
Zusammen konnten sie es schaffen.

Und so zogen sie los...

Sie liefen und liefen und liefen, bis sie zu einem großen See kamen.

“Ohhh... wie sollen wir den nur überqueren?”, stöhnte Herr Elefant.

“Denken sie nach, Herr Elefant... denken Sie nach.” Herr Hase kratzte sich am Kopf. “Hmmmmm...”

“Wir könnten diese Baumstämme zusammenbinden und ein Floß bauen”, schlug Frau Fledermaus vor.

“Genau. Und ich könnte meinen Rüssel als Paddel benutzen”, meinte Herr Elefant.

“Und ich könnte mich hinten ans Floß hängen und wassertreten wie ein Raddampfer”, japste Herr Krokodil.

“Und ich könnte mit diesem Stück Holz paddeln”, fügte Herr Hase hinzu.

Und eine Idee führte zur nächsten Idee und es entstand...

...ein wunderbares Floß, mit dem die vier ganz leicht über den See auf die andere Seite schwimmen konnten.

Und so paddelten sie und flogen und schwammen...

...auf den Berg zu, der geduldig auf sie wartete.

“Oh... von hier sieht er viel größer aus als von der anderen Seite des Sees”, wunderte sichHerr Krokodil.

“Es wird ziemlich schwierig werden, ganz nach oben zu klettern!”, seufzte Herr Elefant.

“Aber zusammen können wir es schaffen!” Davon war Herr Hase überzeugt. “Stellen Sie sich nur mal vor, welch eine Aussicht wir von dort oben haben werden!”

“Eine wunderschöne, denke ich”, schwärmte Frau Fledermaus verträumt. “Kommen Sie, lassen Sie uns loslegen!”

Herr Hase schlug vor: “Wir können die Wurzeln benutzen, um uns unterwegs an ihnen hochzuziehen, falls wir ausrutschen.”

“Und Sie, Herr Elefant, Sie können Ihren Rüssel um Herrn Krokodils Bauch schlingen.”

Und so marschierten sie gemeinsam den Berg hinauf. . Während sie kletterten, passten sie aufeinander auf.

Sie kletterten über die Felsen und hielten sich an den Wurzeln fest, während sie langsam den Berg erklommen.

“Ups!”, erschrak Herr Krokodil, als eine Wurzel brach.

“Lassen Sie sie los und greifen Sie sich die nächste”, rief Herr Hase ihm zu.

“Oh, stimmt, ist gar nicht so schwierig.”

Sie bildeten eine Kette: Frau Fledermaus war mit Herrn Hase verbunden. Herr Hase führte Hernn Krokodil, und Herr Krokodil führte Herrn Elefant. Irgendwie.

Und manchmal halfen sie sich auch andersherum. Dann führte Herr Elefant Herrn Krokodil, Herr Krokodil Herrn Hase, und Herr Hase führte Frau Fledermaus.

So ging es hin und her, bis sie einige Zeit später feststellten, dass sie nicht mehr weiter klettern mussten. Schon wieder hatte der Spaß die Zeit verzaubert.

“Ich glaube, jetzt ist kein Berg zum Klettern mehr übrig”, sagte Herr Hase, als sie alle auf dem Gipfel des Berges standen und sich dann... langsam... umdrehten...

...und einen SONNENUNTERGANG sahen. Sicher, sie alle hatten schon früher die Sonne untergehen sehen. Mehrmals sogar. Doch noch nie von hier aus, noch nie über dem Tal des Lavendels.

“Ich habe noch nie so viele Farben auf einmal gesehen”, sagte Herr Hase und hob seine Hände zum Himmel.

“Ich kann gar nicht mehr sehen, von wo aus wir losgezogen sind”, fügte Frau Fledermaus hinzu.

“Mir wird ganz schwindelig”, meinte Herr Elefant.

“Ich mag die Farbe lila”, freute sich Herr Krokodil.

Und so sahen sie der Sonne zu, wie sie unterging. Mit 4 verschiedenen Paar Augen, 4 verschieden Körpern, 4 Paar verschiedenen Beinen, Armen und Ohren.
Und mit 4 verschiedenen Arten auf einem Berg zu stehen und über das Tal des Lavendels zu schauen.
Doch nur **ein** Weg führt dorthin.

An dieser Stelle würde ich mir gerne noch die Zeit nehmen, Sabrina und der ganzen Eck-Wagner Familie zu danken. Ihr hattet die Geduld, auf mich zu warten, und ihr habt mir den Raum gelassen, den ich brauchte um einen Ort zu finden, von dem ich nicht einmal wusste, dass er existiert.

Vielen Dank auch all jenen, die auf die eine oder andere Art mitgeholfen haben, dieses Buch entstehen zu lassen.